STANDING
EGG

grim

numbered edition

1423 of 2000

SUMMER NIGHT YOU AND I

여름밤에 우린
SUMMER NIGHT YOU AND I

스탠딩에그 글

×

그림비 그림

마음시선

You will always be my girl

I promise you
I will be on your side

움직이지 말아줘
눈에 담고 있으니까

Can you stay still for a moment
I want to look at you more

작은 표정 하나하나
맘에 담고 싶으니까

I want to remember
every face you make

꿈을 꾸는 듯한 눈부신 오늘 밤

Feel like dreaming
In this dazzling night

별빛이 가득한 너의 눈을 본 순간

I saw your eyes
full of stars

난 알아버렸지 지금 우리 사이
세상에서 가장 특별해

I realized what's between us
It's most special in whole world

별이 가득한 여름밤에 우린
눈부시게 아름다운 그림

You and I in this starry summer night
Like a picture dazzlingly beautiful

모든 게 다 바래고 지워져도
간직하고 있을게

Though everything loses color and gets smeared
I will keep it in my heart

내 눈을 보면서 넌 어떤 생각해

What do you think about
when you look into my eyes

난 너를 보면서 또 너를 생각해

I think about you
even when you are in my eyes

넌 알 수 있겠니 지금 우리 사이
세상에서 가장 특별해

Can you see
what's between us now
It's most special in whole world

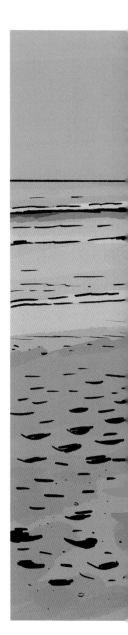

별이 가득한 여름밤에 우린
눈부시게 아름다운 그림

You and I in this starry summer night
Looks dazzlingly beautiful

모든 게 다 바래고 지워져도
간직하고 있을게

Though everything loses color and gets smeared
I will keep it in my heart

You will always be my girl

I promise you
I will be on your side

You will always be my girl
I promise you
I will be on your side

누가 뭐래도 영원토록 우린
이 세상에 하나뿐인 그림

No matter what others say
Forever we will
be a one and only picture

모든 게 다 바래고 지워져도
간직하고 있을게

Though everything loses color and gets smeared
I will keep it in my heart

You will always be my girl

I promise you

간직하고 있을게

I will keep it in my heart

여름낮에 우린 _ '여름밤에 우린'이 탄생하기까지

TALK ABOUT THIS BOOK

― 에그2호 × 그림비 대담 ―

에그2호 안녕하세요. 저는 스탠딩에그의 에그2호고요.

그림비 안녕하세요. 일러스트레이터 그림비입니다.

에그2호 사실 개인적으로도 굉장히 팬인데, 이렇게 요즘 대세 일러스트레이터 중 한 분을 모시게 돼서 영광입니다. 이번에 저희가 같이 작업한 게 있잖아요.

그림비 맞아요.

에그2호 그거에 대해 얘기도 하고, 또 서로 궁금했던 점들에 대해서 얘기를 좀 나눠보려고 자리를 마련했습니다. 일단은 많은 분들이 궁금해하실 텐데. 우리가 만나게 된 계기에 대해. 네, 왜 만났느냐.

그림비 2호님이 먼저 연락주셔서. 저는 너무 반갑게. 영광이고 하고 싶다고. (웃음)

에그2호 감사합니다. 네, 저희가 이번에 같이 책을 한 권 만들었습니다. 예전부터 제가 진짜 하고 싶었던 것 중 하나가 저희 노래가사를 일러스트북으로 만들어보는 것이었는데요. 평소 일러스트레이터분들과 친분도 있고, 관심도 많아서 찾다보니까, 작가님을 저는 예전부터 팔로우하고 있었지만…….

그림비 네, 감사합니다. (웃음)

에그2호 제 주변분들한테 '내가 그림책을 만들고 싶은데 그림비 작가님이랑 하면 어떨까?' 그랬더니 반응이 전부 '그 사람이 너랑 왜 하냐?' 이런 반응이라서. '그분 요즘 진짜 잘나가는데. 너무 유명한 거 아니야?' 막 그러셨는데. (웃음) 밑져야 본전이라는 생각으로 그래도 한번 부탁을 드린 거였는데 또 흔쾌히 받아주셔서. 감사하게 생각하고 있습니다.

그림비 저도, 스탠딩에그로 더 떠보자, 하는 생각으로…….

에그2호 & 그림비 (함께 웃음)

에그2호 그러면 이제 서로 공생하는 관계로. 이게 좋은 결과가 나와야 될 텐데……. (웃음) 궁금했던 게 스탠딩에그 음악을 평소에 좀 들어보셨는지?

그림비 평소에는 많이 못 들었고. 정말 유명한 노래들이 있잖아요. 그런 노래는 당연히 들어봤죠. 최근에 저는 〈Everyday〉가 너무 좋아서. 작업실에서 정말 많이 들었어요.

에그2호 아, 정말요.

그림비 네, 저희 작업실이랑 너무 분위기가 잘 맞는 것 같아서.

❀

에그2호 이번에 같이 작업한 책은 〈여름밤에 우린〉이라는, 지금의 스탠딩에그를 있게 해준 곡인데, 이 곡의 가사와 그 가사와 어울리는 작가님의 그림들이 모여서 한 권의 책이 됐어요. 이번에 작업하면서 혹시 특별히 느끼신 점이 있다면?

그림비 약간 빈말처럼 느껴질 수 있는데, 진짜 잘 맞는다는 생각을 했어요. 잘 맞는다는 게 여러 의미가 있을 수 있는데요. 예전에 그렸던 이미지도 많이 실리지만, 이번 작업을 하면서 새로 그린 그림들이 있거든요. 표지를 포함해서 세 장의 이미지를 그렸는데, 이게 죄다 마음에 드는 거예요. 그러니까, 나만 가

지고 싶은 그림 있잖아요. '이거 스탠딩에그랑 같이 한 거 아니야, 내 거야.' 그런 생각이 들 정도로. (웃음)

에그2호 하하하, 요즘에는 작가님들이 디지털로 많이 작업들을 하시는데, 만약 원화가 있다면 제가 구입해서 갖고 있다가 나중에 작가님 진짜 갖고 싶으실 때 더 뛴 가격으로 제가……

에그2호 & 그림비 (함께 웃음)

에그2호 감사합니다. 농담이고, 〈여름밤에 우린〉은 저도 가장 아끼는 곡인데, 이 곡을 생각했을 때 사실 작가님 말고 떠오르지 않아서 먼저 말씀을 드렸어요.

에그2호 이 곡은 제가 아내랑 결혼 준비할 때 만들었는데, 그 시기에는 다 바쁘잖아요. 신경 쓸 거 엄청 많고. 이사 갈 집 찾아보고, 신혼 여행지 알아보고 하느라 너무 정신이 없었는데, 주변에서는 '음반 낼 때가 됐으니까 빨리 발표를 해라.' 그래서 급한데 어떡하지, 하면서 진짜 빨리 썼어요. 노래를 순식간에 썼고, 이제 됐으니 신혼 여행하러 가자, 어떻게든 되겠지. 그렇게 후루룩 쓰고 후루룩 녹음해서 내놓고 비행기를 탔어요. 그런데 저희가 영국에 도착해 새벽 2시에 비행기 내려서 핸드폰을 켰는데, 갑자기 전화가 진짜 수백 통 와 있고, 저를 찾는 문자들이 너무 많은 거예요. 저는 무슨 사고라도 난 줄 알았어요. 멤버한테 전화를 했더니 '야, 우리 노래 1등 했어. 지금 음원차트 1위야.' 그래서 깜짝 놀랐죠. 늘 성의 있게 음악 작업을 했을 때도 사실 그 정도 성적이 나오지는 않았는데, 진짜 결혼하면서, 아내한테 있는 마음들을, 있는 얘기들을 쓰고 떠오르는 멜로디

를 작곡해서 빨리 작업했지만, 그만큼 내가 그때 되게 행복하고 사랑에 빠져 있는 상황에서 진심이 담긴 내용을 스르륵 썼던 게 사람들한테 전해진, 신기한 경험이었어요. 정말 아무것도 안 했어요. 뮤직비디오도 없어. 뭐 프로모션 할 생각도 없었고. 그러니까 저는 그냥 외국에 갔었죠.

근데 보통 1등을 하면은 막 섭외가 온단 말이에요. 온갖 방송에서 출연하라 그러고 또 그 당시에 원더걸스가 컴백해서 1위를 하고 있을 때였는데 저희가 갑자기 원더걸스를 제치고 1등을 하니까. 기자분들이 난리가 난 거예요. 얘네 도대체 뭐냐, 누구냐. 그래서 막 사재기다 뭐다 말도 많았어요. 어떤 기자분이 그런 질문을 했어요. '지금 사재기 의혹이 있는데 어떻게 생각하시나요?' 저도 '그러게요. 저라도 그렇게 의심할 것 같은 상황이라서.' 저도 신기하다는 의미로 말을 했는데, 기사에는 〈스탠딩에그 사재기 의혹, 뭐 그럴 수도 있을 것 같아〉 이렇게 나오고. (웃음)

그런 경험도 있고, 저한테는 특별한 곡인데, 이번에 같이 작업하게 돼서 좋았다고 말씀드리고 싶고. 또 그림이 마음에 드신다니까 저도 너무 좋고.

그림비 좋은 일들은 뭔가 다, 잘되더라고요. 저도 되게 빨리 그려지는 것 같아요. 제가 평소에 그림 그리는 시간이 한 서너 시간, 많이 걸리면 여섯일곱 시간 걸리는데, 정말 잘되는 그림은 한 시간 만에도 그려지고 그러더라고요.

에그2호 아, 감사합니다. (웃음)

그림비 아, 그리고, 에피소드가 하나 있어요. 저희가 이번에 〈여름밤에 우린〉 앨범 커버를 다시 그려서 책 표지로 사용하잖아요. 노래가 유명하니까 당연히 앨범 커버도 유명하겠죠. 제가 작업실에서 열심히 그림을 그리고 있는데 아내가 걱정스러운 말투

로 저한테 말하는 거예요. '이거, 혹시 표절 아니야?'

에그2호 하하하하하.

그림비 '하, 아니야, 이거 스탠딩에그랑 같이하는 거야.' 그랬더니 그제야 '아, 다행이네, 난 오빠가 그런 식으로(?) 그리는 줄 알았어.'라고. 깜짝 놀랐나봐요. (웃음) 그런데 나중에 생각해보니, 작업실이 오픈돼 있으니까 사람들이 많이 왔다 갔다 하거든요. 뒤에서 보시는 분들이 혹시나 그렇게 진짜 생각하시지 않았을까, 갑자기 생각이 들더라고요.

에그2호 아, 그랬을 수 있겠네요. 진짜 대박이다. (웃음) 그 사진이 사실 유명해서요. 사막에서 빨간색 스포츠카 위에 두 남녀가 앉아 있는 사진인데, 합성이라고도 말씀하시는 분도 있어요. 그 사진을 찍으려고 저랑 아내랑 사막에 모델분들 데리고 가서……. 그 스포츠카가 빈티지카라서 실제로 한쪽 백미러가 없고, 잘 안 가요. 그걸 제가 운전해서 사막까지 간 다음에 아내는 촬영하고 저는 멀리서 조명을 들고 있었어요. 진짜 힘들게 썩었던 사진인데, 너무 멋있어서, 저도 처음에 '우와, 진짜 너무 근사한 이미지다' 했는데, 또 많은 분들이 좋아해주셔서. 그래서 이번에 작가님의 그림으로 재탄생한 이 책의 표지도 많은 분들이 기대해주셨으면 좋겠습니다.

그림비 그리고 굉장히 잘 나왔습니다. (웃음)

에그2호 그냥 책을 사시면, 네, 사시면 될 것 같아요. (옆에서 지켜보던 담당 편집자에게) 책 잘 만드셨잖아요, 그죠?

담당 편집자 네!

에그2호 지금 편집자분도 계시는데 좋은 책이 나와서 많은 분들이 좋아해주셨으면 좋겠습니다.

에그2호 그럼 작가님, 마지막으로, 앞으로 계획이 있으시다면요?

그림비 저는 꾸준하게 그림을 그리면서 기회가 닿는다면 주류 쪽이랑 뭔가 해보고 싶다…….

에그2호 술?

그림비 네, 이번에 와인은 하거든요. 연말에 와인이 나오는데 그거 말고. 저는 맥주도 좋아요. 맥주 커버나 이런 것도 한번 해보고 싶다 생각하고 있습니다.

에그2호 네, 혹시 이것 보시면 맥주 회사 관계자분들 꼭 연락주셨으면 좋겠습니다. 근데 작가님 개런티가 높으셔서.

에그2호&그림비 (함께 웃음)

그림비 일단 연락주세요. (웃음)

에그2호 저도 주류 노래 잘 만들 자신 있습니다. 다시 이렇게 콜라보로? 콜라보로 나오면 좋겠는데요. 네, 제가 CM송도 잘 쓰거든요. (웃음) 다른 작업도 꼭 한번 같이했으면 좋겠네요.

그림비 아, 그럼요.

에그2호 이 책이 시리즈로 나와도……. 이것도 결과를 봐야 되니까 여러분들이 저희가 같이 만든 책 좋아해주셨으면 좋겠습니다.

그림비 네, 잘 부탁드립니다!

에그2호 오늘 이렇게 작가님 만나 뵈었는데, 궁금했던 점 많이 해소된 시간이었으면 좋겠고 다음에 또 기회가 있다면 또 이런 자리 만들어보도록 하겠습니다. 만나 봬서 반가웠습니다.

그림비 반가웠습니다.

에그2호 고맙습니다.

그림비 감사합니다.

이 책에 실린 그림

PICTURE TITLE

너만 있으면

네가 좋으면
나도 좋아

행복해

결혼할까

네 눈에도
별이 있어

키스

여름밤의 우리

낮잠

언제나, 이렇게
둘이서

너로 인해
완벽한 순간

온 맘으로 사랑해

서로에 대한 존중

제주 노을

너만 보여

일어났어

깨고 싶지
않은 꿈

내가 더 사랑해

함께 꾸는 꿈

내가 지켜줄게

너와 영원히

여름밤에 우린

ⓒ 스탠딩에그, 그림비, 2021

초판 1쇄 인쇄 | 2021년 9월 1일
초판 1쇄 발행 | 2021년 9월 15일

글 | 스탠딩에그
그림 | 그림비
영문번역 | 김지호

편집 | 김수현
디자인 | JUN

펴낸이 | 김수현
펴낸곳 | 마음시선
등록 | 2019년 10월 25일(제2019-000097호)
주소 | 서울시 마포구 신촌로2길 19, 마포출판문화진흥센터 318호
이메일 | maumsisun@naver.com
인스타그램 | @maumsisun
ISBN 979-11-971533-5-8 03810